S^M_R

Bibliographische Information der Deutschen Nationalbibliothek:

Die Deutsche Nationalbibliothek verzeichnet diese Publikation in der Deutschen Nationalbibliographie; detaillierte bibliographische Daten sind im Internet über http:// dnb.dnb.de abrufbar.

$S^M{}_R$

© 2016 Sonja Maria Rathjen

Herstellung & Verlag: BoD — Books on Demand, Norderstedt

Satz: Sonja Maria Rathjen

Umschlaggestaltung: Sonja Maria Rathjen

Umsetzung: Thomas Lattner
www.lattner-design.de

ISBN 978-3-739-22017-8

SONJA MARIA RATHJEN

ALLEINGÄNGE

Geschichten in zwei Bänden

Band I

S^MR

Zu diesem Buch

Im ersten Band der Sammlung „Alleingänge" erzählt Sonja Maria Rathjen Geschichten von Menschen, die sich einer Herausforderung stellen müssen und eine Bewährungsprobe zu bestehen haben, weil sie in ihrem Leben Neuland betreten.

Man taucht in die Gedanken- und Gefühlswelt von Kindern in all ihrer Unschuld und Phantasie und von Erwachsenen mit ihren Eigenheiten, die von naiv aber beflissen über selbstbestimmt aber verschroben bis völlig überfordert reichen.

Es gibt also einiges zum Schmunzeln, vieles zum Nachdenken und immer etwas zum hautnahen Miterleben.

Zur Verfasserin

Mit ihrem Gedichtband „Gereimtheiten" trat Sonja Maria Rathjen (von Lesungen abgesehen) 2014 zum ersten Mal an die Öffentlichkeit. Er stieß wichtige Türen auf, was sie in ihrem Vorhaben, eine Auswahl ihrer Kurzgeschichten und Erzählungen zu veröffentlichen, bestärkte.

1961 in München geboren, ließ sie sich nach unzähligen Umsiedlungen im In- und Ausland schließlich nieder und geht seither vornehmlich ihrer schriftstellerischen Tätigkeit nach.

Teil I

NEUE UFER

Erster Tag

Heute Morgen, als ich aufgewacht bin, war alles anders als sonst. Es fing nämlich schon damit an, daß die Sonne mich geweckt hat statt der Mami. Es hat richtig gekitzelt im Gesicht. Das war schön. Ich hab erst gar keine Lust gehabt aufzustehn. Aber dann ist sie weggegangen, die Sonne. Und ich war wach. Das Haus war ganz still. Ich bin an der Tür von Mami und Papa horchen gegangen. Ich glaub, ich hab sie schnaufen gehört. Und bei Philip und Hansi hat sich auch nichts geregt. Da bin ich in die Küche gelaufen und hab auf die Uhr geschaut. Und ich hab gedacht, hoffentlich schlafen die nicht so lang. Ich hab aber überhaupt keinen Hunger gehabt.

Und dann hab ich den neuen Koffer für mich gesehn. Da kommt nämlich das Schulbrot rein und eine Mandarine und ein Apfel. Jedenfalls ist das hier so, hat die Mami gesagt, und der Papa auch. Und das wird dann zum Mittagessen gegessen. Ich hab aber den Mann oben drauf, auf dem Deckel, noch nie gesehn. Der ist hier bestimmt ganz wichtig. Ich hab gehofft, daß mich keiner danach fragt.

Auf einmal hab ich die Mami gehört. Sie hat gehustet und ist dann in die Küche gekommen. Sie hat sich erschrocken, weil ich schon auf war. Aber dann hat sie gute Laune gehabt und hat mich zum Waschen geschickt. Die Mami hat mir gestern Abend rausgelegt, was ich anziehn soll. Meinen neuen Glockenrock in Hellrot und eine Bluse und weiße Kniestrümpfe und weiße Lackschuhe. Die zieh ich gern an. Die klacken so wie bei der Mami.

Der Papa ist auch aufgestanden und dann der Philip und der Hansi. Die waren ganz verschlafen. Aber dann hab ich sie im Badezimmer lackeln gehört. Ich bin nämlich schon fertig gewesen. Die Mami war aufgeregt. Daß wir ja nicht zu spät kommen, hat sie gesagt. Und der Papa hat uns abgefragt. Der Hansi hat es wieder nicht gewußt. Aber ich schon. Ich durfte es aber trotzdem nicht sagen. Heute ist der Papa nicht gleich böse gewesen. Er hat es dem Hansi nochmal erklärt, wie es heißt.

Das Frühstück war lecker. Ich hab ganz viel Zukker in die Milch tun dürfen und ganz wenig Cornflakes. So mag ich es am liebsten. Und danach hat jeder seinen Koffer gekriegt. Ich hab eine Strickjacke anziehn müssen. Dann haben wir dem Papa byegesagt, und die Mami ist mit uns vors Haus gegangen und hat gesagt, daß wir brav sein sollen. Mich hat sie nochmal durchgekämmt und im Arm gehabt. Richtig fest hat sie mich gedrückt. Und auf einmal hat es ganz laut gehupt. Da war ich ganz schlimm aufgeregt. Aber auch die Mami. Sie ist schnell ins Haus gerannt und hat warte geschrien. Und ich wollte doch grad in den schönen Bus klettern. Sie ist aber ganz schnell wieder dagewesen und hat gesagt, ich soll auf der Stufe stehn bleiben und in die Kamera schaun und lachen. Das hab ich dann auch gemacht. Die Mami hat noch ganz lang gewunken.

Die Fahrt war toll! Bei ganz vielen Häusern sind wir stehn geblieben. Die andern Kinder sind sehr laut gewesen. Philip und Hansi haben erst zusammengesessen, aber dann ist der Philip zu mir hergekommen. Ich glaub, er hat mich beschützen wollen. Der Philip ist manchmal sehr lieb. Aber dann hab ich gesehn, daß er auch ein bißchen Angst hat. Da hab ich ihn gefragt, ob ich noch eine Schultüte krieg, wenn wir da sind. So wie er und der Hansi eine gekriegt haben. Das hat er aber nicht gewußt.

Wir sind dann in die große Straße gefahrn. Über die dürfen wir nicht drüber, weil sie zu gefährlich ist. Und ganz nah an ein ganz langes Haus dran. Da haben wir aussteigen müssen. So viele Kinder waren da. Wie im Freibad. Der Philip hat mit mir dagestanden und geschaut. Der Hansi auch. Ich hab ein bißchen Angst gehabt. Wie auf dem Flughafen. Da sind wir auch beisammen gestanden und haben auf die Mami und den Papa gewartet. Aber jetzt nicht. Die sind ja daheim geblieben.

Und auf einmal ist eine Frau zu uns hergekommen und hat irgendwas gesagt. Der Philip und der Hansi haben auch nichts verstanden. Die ist aber lieb gewesen. Ich bin mit ihr mitgegangen. Dem Philip hat sie gezeigt, wo er hingehn soll, und dem Hansi auch. Die ganze Zeit hat sie geredet und gelacht und mich an der Hand gehalten. Wir sind dann durch einen langen Gang gegangen. Und dann hat sie mir gezeigt, wo ich reingehn soll.

Drinnen haben die andern Kinder rumgetobt. Das war lustig. Ich bin dagestanden, bis die Lehrerin mich auf meinen Platz geschickt hat. Dann hat sie irgendwas gesagt, und alle haben mich angeschaut. Und dann haben wir ganz lang stillsitzen müssen. Aber ich hab die Füße nicht auf den Boden gekriegt und hab sie heimlich geschlenzt. Aber die Lehrerin hat es gemerkt. Sie hat nichts gesagt, aber ich hab aufgehört. Die andern haben alle die Füße auf den Boden gekriegt.

Manchmal hab ich was verstanden. Aber dann wieder gar nichts mehr. Die Lehrerin hat so schnell geredet. Ihren Namen hat sie aber mit uns geübt. Miss Kirbey. Manchmal ist sie zu mir hergekommen und hat mir gezeigt, was ich machen soll. Erst was malen, dann auf die bunte Karte schaun mit ganz vielen Ländern drauf, dann Blumen anschaun. Der Papa hat gesagt, daß wir lesen üben. Weil eigentlich muß ich es gar nicht lernen. Ich muß es nur so komisch aussprechen wie die Sally. Das klingt lustig, und ich hab schon ganz viele Wörter gelernt. Was sie heißen, ist ja ganz leicht. Da muß nur einer draufzeigen. Und Miss Kirbey hat einen ganz langen Stock. Mit dem zeigt sie auf was. Aber sie sagt nicht das Wort dazu. Doch, manchmal schon. Aber ich weiß es nicht so genau.

Irgendwann sind wir alle rausgegangen, durch den Gang und in die library. Das Wort hat Miss Kirbey ganz lang mit uns geübt. Library. Ich glaub, ich kann es. Und da haben wir ein Lied gehört. Das war schön. Da singt immer ein Mann und dann viele Kinder und dann wieder der Mann. Ich hab mitsingen dürfen. Ich weiß aber nicht, was es heißt. Da muß ich den Papa fragen.

Aber auf einmal mußten wir wieder ins Klassenzimmer zurück und durften unsere Koffer holen. Miss Kirbey hat mir das Wort dafür beigebracht. Lunchbox. Komisches Wort. Dann sind wir in einen riesigen Saal gegangen. Es war wieder richtig laut. Ganz viele Kinder haben schon dagesessen. Aber wir sind erst woanders hingegangen. Da konnte man Milch kaufen. Aber ich hab das nicht gewußt und die Mami auch nicht. Und dann hat Miss Kirbey uns auf unsere Plätze geschickt. Ich mußte aber ganz nötig pieseln. Und die Mami hat uns beigebracht, was wir dann sagen müssen. Aber Miss Kirbey war auf einmal weg. Das war schlimm. Da hab ich mich gemeldet, wie der Philip mir das mal gezeigt hat. Aber keiner ist gekommen. Die alte Frau hat mich nicht gesehn. Die ist nämlich immer woanders auf- und abgegangen und hat aufgepaßt. Da bin ich aufgestanden, und das darf man nicht. Die Frau ist ganz schnell auf mich zugelaufen, daß ich richtig Angst gekriegt hab. Dann hat sie sich gebückt und ganz streng irgendwas gefragt. Und ich mußte doch so nötig pieseln. Aber sie hat mich einfach auf die Bank gedrückt. Da hab ich angefangen zu weinen. Und auf einmal war sie ganz lieb. Da hab ich mich dann getraut, den Satz zu sagen. Genau so, wie die Mami ihn uns vorgesagt hat. Aber die Frau hat mich ausgelacht und ganz laut immer to the bathroom, to the bathroom geschrien und gelacht. Aber ich hab es doch nicht besser gewußt! Das werd ich der Mami sagen. Da hat sie uns was

Falsches beigebracht. Und die alte Frau mag ich auch nicht. Auch wenn sie mich dann sogar zum Klo hingebracht hat.

Als ich danach wieder zu meinem Platz hinwollte, sind alle andern Kinder schon fertig gewesen. Und ich hab noch gar nichts gegessen gehabt. Aber Miss Kirbey hat mich an die Hand genommen und mir meinen Koffer gegeben. Da hab ich wieder geweint, und Miss Kirbey hat mich gar nicht trösten können.

Aber dann war es wieder gut. Miss Kirbey hat uns Buchstaben gezeigt. Die hab ich schon gekonnt. Aber ich durfte nichts mehr sagen. Sie hat mich ganz nach hinten gesetzt und hat mir was zum Malen gegeben. Aber ich hab nichts gemalt. Miss Kirbey hat nämlich das R durchgenommen. Das kann man ir, er und ur schreiben. Das hat der Papa bestimmt auch schon gewußt. Aber ich nicht.

Und dann durften wir endlich heim. Ich bin gleich rausgelaufen vor die Schule und hab den Hansi gleich gesehn. Und der Philip ist auch bald gekommen. Wir sind wieder in den lustigen gelben Bus gestiegen, und ich hab ganz viel erzählt. Das mit dem Klo aber nicht. Da hab ich mich geschämt.

Die Mami hat sich richtig gefreut, als wir dawarn. Mit dem Essen mußten wir noch auf den Papa warten, aber sie wollte ganz viel wissen. Und als sie dann eine Zigarette angemacht hat, hab ich gar nicht mehr so viel Hunger gehabt. Sie hat für mich die Lokomotive gemacht. Ich glaub, sie war froh, daß alles gutgegangen ist.

Das Erbe

„Kinder, ich habe euch etwas zu sagen."

Mein Bruder und ich tauschten einen Blick aus und gingen langsam ins Wohnzimmer. Unser Vater stand hinter dem niedrigen Couchtisch mit dem Rücken zu uns, eine Hand auf den Kaminsims gestützt.

„Setzt euch."

Als er das Knarren des alten Sofas hörte, drehte er sich um und stellte sich mit verschränkten Armen vor uns auf. Ich wagte nicht, den Blick zu heben. Selbst mein Bruder blieb regungslos.

„Wie ihr wißt, kann ich fliegen. Ihr seid nun alt genug, und ich habe beschlossen, es euch zu sagen: ihr habt das Fliegen geerbt."

Fassungslos, wie erstarrt saß ich da. Meine Augen irrten umher, wie um einen Ruhepunkt zu finden. Unterdessen verließ der Vater den Raum. Möglichst lautlos stand ich auf und ging zum Fenster. Das Sofa ächzte leise, und ich wußte, daß mein Bruder es war, der die Zimmertür sanft hinter sich ins Schloß fallen ließ. Ich war erleichtert.

Wochen vergingen, in denen ich es vermied, mit meinem Bruder allein zusammenzutreffen. Die gemeinsamen Mahlzeiten verliefen schweigend. Wie in jeder zweiten Woche durfte ich an jenem Dienstag, noch bevor alle fertiggegessen hatten, vom Mittagstisch aufstehen, um rasch meine Noten zusammenzupacken und mit der Geige unterm Arm den zwanzigminütigen Weg zum Bahnhof am Rande des Nachbardorfs anzutreten. Die Fahrt in die Stadt war zu kurz, um sich einer Lektüre zu widmen, die vorbeiziehende Landschaft zu öde, um mich zu umfangen, und die wenigen Gebäude längst zu vertraut, um mich abzulenken.

Ich war mir über meine Gefühle nicht im klaren. Seit frühester Kindheit hatten wir den Vater um seine Fähigkeit beneidet und uns tuschelnd anvertraut, wie sehr wir uns wünschten, wie er fliegen zu können. Wieviel Zeit man sparen könnte, wie alle uns bewundern würden, betteln, einmal mitfliegen zu dürfen! Genau wie der Vater würden wir ihnen gewichtig erklären, daß wir eine Verantwortung zu tragen hätten und diese Gabe nicht mißbrauchen dürften. In meinen kindlichen Tagträumen machte ich immer mal eine Ausnahme unter dem romantischen Siegel der Verschwiegenheit. Diesen Phantasien verdankte ich viele selige Stunden. Und auf einmal sollte der große Wunsch unseres Lebens wahr werden. Vielmehr wäre er immer schon Wirklichkeit gewesen, wenn wir es nur gewußt hätten! Warum hatten wir es nie heimlich ausprobiert? Was hielt uns davon ab, es selbst zu entdecken? Jetzt war das nicht mehr möglich.

Ich wurde vom Halten des Zugs unterbrochen. Wie immer mußte ich mich beeilen, um den Bus, der mich pünktlich zum Unterricht brachte, nicht zu verpassen. Die Stunde verging viel zu schnell. Mir graute vor meinen Gedanken auf der Heimfahrt.

Mit einem Mal war die Mitwisserschaft des Bruders eine Bedrohung. Ich konnte doch nicht zu erkennen geben, daß ich die Verkündung nicht als lächerlich empfand. Andererseits würde der Vater auf keinen Fall damit scherzen. Das Verhalten meines Bruders wiederum verriet, daß auch er nicht damit umzugehen verstand. Zum Glück drängte der Vater nicht. Er wußte wahrscheinlich um die Angst vor Bloßstellung, die Intimität unserer Gefühle. Er hatte uns nie erzählt, wie er herausgefunden hat, daß er fliegen kann, wie er auch jetzt kein Wort darüber verlor, was ihn so sicher machte, daß wir es geerbt haben. Vielleicht wäre es doch besser, mit dem Bruder zu reden.

Die kleine Haltestelle näherte sich. Ich nahm meine Geige und Tasche und stieg aus.

Plötzlich stand mein Bruder vor mir. Wir sahen

uns sekundenlang an und wußten: es war so weit. Mein Puls raste, als wir wortlos nebeneinander hergingen. Auf halbem Weg — die langgestreckte Biegung der Landstraße hatten wir hinter uns — hielt er an, sah sich kurz um und stellte seine Füße parallel. Ich tat es ihm gleich. Einen endlosen Moment lang verharrten wir so. Dann beugte ich die Knie ein wenig und linste zu ihm hinüber. Auch er ging leicht in die Knie, führte aber dabei die Arme nach hinten, ließ sie entspannt nach vorne schwingen und richtete sich gleichzeitig wieder auf. So wiegte er sich in einen Rhythmus und sagte: „Auf drei!"

„Nein, warte! Was ist, wenn wir kleben bleiben?" — „Wir haben nichts zu verlieren."

Wir setzten erneut an. Mein Bruder nahm seinen Rhythmus wieder auf und ließ mir die nötige Zeit, mir seine Bewegungen zueigen zu machen. Ich nahm all meinen Mut zusammen, faßte entschlossen einen festen Punkt auf dem Gehweg ins Auge, preßte die Lippen aufeinander und erwartete die unerbittliche Zählung.

„Eins — zwei — ... " Einmal noch schwangen wir die Arme zurück, schleuderten sie vor und — „ ... drei!" — sprangen gleichzeitig ab, die Hände weit vorgestreckt. Ich riß die Augen auf, bereit, sofort wieder aufzukommen. Aber wie von einem gefüllten Luftkissen wurde der Oberkörper aufgenommen und getragen. Der Wind schlug mir ins Gesicht. Mein Bruder neben mir lachte ausgelassen. Da ließ die Kraft von unten nach. Ich zog die Beine an. Schon setzten die Füße auf. Ich kippte vornüber auf die Knie und konnte mich gerade noch abfangen. Im nächsten Augenblick landete mein Bruder ebenso unsanft.

Auf allen Vieren strahlten wir uns an, und einer von uns rief aus: „Wir müssen halt noch üben!"

Das Fest

Der Fasching stand vor der Tür; oder, wie man hier im Norden sagte: der Karneval. Die drei Kinder der Ponradls lagen den Eltern in den Ohren. Ideen für Kostüme wurden vorgetragen, verteidigt und schließlich durchgesetzt. Wie in jedem Jahr war auch heuer die Bedingung einzuhalten, ausschließlich aus dem Bestand der vorhandenen Kleidungs- und Wäschestücke zu schöpfen. Sich mit ihren neuen Klassenkameraden zu beraten, entpuppte sich jedoch für die Kinder als Illusion: das Interesse fehlte. Schlimmer noch, schien das Verkleiden hierzulande verpönt zu sein — schon im Alter von elf bis vierzehn Jahren! Wie enttäuscht die beiden Buben waren, daß sich keiner fand, der eine Party geben wollte!

In ihrer Heimat folgte immer ein Fest auf das andere, und sie hatten Schwierigkeiten gehabt, ihre Zeit so einzuteilen, daß sie auf möglichst viele Faschingsfeiern gehen konnten. Endlich war es im letzten Jahr einem der Söhne gelungen, selbst einzuladen. Er hatte als erster in der Klasse den Samstagabend für sich reserviert, ohne die Gelegenheit gehabt zu haben, die Eltern um Erlaubnis zu fragen. Der Andrang war aber so groß gewesen, daß die Mutter ein Auge zugedrückt hat und den Vater von dem aufwendigen Vorhaben überzeugen konnte. Dreißig Kindern hatte man das Wohnzimmer überlassen und nicht schlecht gestaunt, wie reibungslos und unkompliziert alles ablief. Das Gelingen dieses ersten großen Festes war entscheidend gewesen: die Stellung des Sohns innerhalb der Schulklasse war gefestigt und damit der Ruf der Familie gerettet worden. Denn längst war es den Kindern unangenehm gewesen, außerstande zu sein, die vielen Einladungen zu erwidern. Und nun, nachdem sie diesen Erfolg endlich errungen hatten, stießen sie hierzulande auf Desinteresse und sogar Verwunderung. Die Eltern teilten ihre Enttäuschung, denn auch für sie war die Faschingszeit ein Höhepunkt des Jahres gewesen: die Kinder waren von Samstag bis einschließlich Dienstag täglich für Stunden aus dem Haus und gut beaufsichtigt, so daß Mutter und Vater Ponradl beruhigt ihrerseits auf ein oder zwei Feste gehen und ansonsten ihre wohlverdiente Ruhe genießen konnten. Der Trost, es gebe hier bestimmt andere Gelegenheiten, die man nur noch nicht kenne, war nur recht schwach — das wußten auch sie. Und so legte sich allgemein eine zunehmend traurige Stimmung über die Familie, je näher die Faschingszeit rückte.

Umso größer war die Freude, als Herrn Ponradl, im Anschluß an die heilige Messe am Sonntag davor den Kirchenzettel noch im Hinausgehen studierend, die Einladung zur Karnevalsveranstaltung der Pfarrgemeinde ins Auge sprang. „Auf d'Kiach is hoid a Vealaß!" rief er, das Papier schwenkend, seiner Familie zu, die schon am Auto auf ihn wartete. „Paßt auf! ‚Am kommenden Sonntag um 15 Uhr 30 findet das alljährliche Karnevalstreffen unserer Gemeinde statt. Alle Gemeindemitglieder sind dazu herzlich eingeladen. Getränke und belegte Brote werden von unseren Frauen gereicht, und für Musik sorgt unser Sing– und Spielkreis. Alles, was Sie mitbringen müssen, ist ein bißchen Kleingeld und vor allem gute Laune.' Na, wos sogt's ia? Klingt des guad?" Begeisterungsrufe waren die Antwort. Die Phantasie war wieder geweckt, und eifrige Vorbereitungen und Anproben bestimmten die nächsten Tage.

Joseph, der Älteste, wollte als Dachauer gehen. Dafür nähte die Mutter talergroße Metallknöpfe zweireihig auf eine Anzugsweste und kürzte mit wenigen Stichen die Hose des Stresemanns, den der Vater vor vielen Jahren stolz getragen und sorgsam aufbewahrt hatte. Den flachen Hut bastelte sich Joseph aus grauem Fils, und sehr zur Belustigung der kleineren Geschwister zog er ihn sich eines Nachmittags tief in die Stirn und klappte die schmale Krempe über den Brauen nach oben. „Jetzad föid nua no de Aufschrift ‚Depp'!" jubelte Stephan und klopfte seinem Bruder anerkennend auf die Schulter. Die alten Wanderschuhe der Mutter sollten das Kostüm komplett machen.

Stephan machte es sich leichter. Für ihn liehen die Eltern eine braune abgeschabte Breitcordhose vom übergewichtigen Nachbarn aus, und Gummi-Hosenträger fanden sich im Altkleiderschrank auf dem Dachboden. Ein Ringelhemd, aus dem der Zwölfjährige im letzten Jahr herausgewachsen war, als er seinen plötzlichen Wachstumsschub gekriegt hatte, ließ seinen Oberkörper noch schmächtiger in der bulligen Hose versinken. Über die Schuhe war man sich noch nicht einig geworden. Stephan hatte nämlich insgeheim auch auf die Wanderschuhe spekuliert und hatte nun das Nachsehen gegenüber dem älteren Bruder, der sie zu allem Überfluß gleich nach der Schule anzog und triumphierend mit ihnen durch die Wohnung schlurfte. Das Problem mußte schnell gelöst werden, und Herr Ponradl stellte einlenkend seine neuen Turnschuhe zur Verfügung.

Die Jüngste aber gab sich geheimnisvoll. Sie schneiderte sich unter den wohlwollenden Augen der Mutter, die ihr immer zur Hand ging, wenn das Mädchen nicht mehr weiter wußte, aus weißem Bettlaken und einem beigebraunen löcherigen Bettbezug, der eigentlich als Putzlumpen vorgesehen war, ein Nonnengewand. Nach langem Suchen entdeckte Frau Ponradl den zugehörigen Kissenbezug, den sie auftrennte, der Tochter über den Haarschopf legte, um die Stirn spannte und an den Schläfen in Falten schlug, um diese zu fixieren. Aus Bindfaden durfte sich die kleine Daniela eine breite Kordel drehen und als Kreuz ausnahmsweise ihren Rosenkranz umhängen. Die Eltern waren nach eingehenden Beratungen zu dem Schluß gekommen, daß das kein Sakrileg bedeutete. Die klobigen Wildlederstiefel der Tochter mit dem flachen Blockabsatz wurden auch deshalb ausgewählt, weil sie garantierten, daß sich das zarte Wesen nicht erkälten würde.

Für Herrn Ponradl ließ sich seine Frau etwas Besonderes einfallen. Sie überredete ihn, ein weißes Oberhemd verkehrtherum anzuziehen, knöpfte es auf dem Rücken zu und bat ihn, seinen guten schwarzen Anzug „nuaramoi zua Prom" dazu zu tragen. Die Kinder hörten das helle Auflachen der Mutter durch die Schlafzimmertür und wurden neugierig. Als auf ihr zaghaftes Klopfen hin ein fröhliches „Herein!" folgte, stießen sie die

Tür auf und erblickten den Vater, wie er salbungsvoll die Hände reibend, mit gebeugtem Kopf das Zimmer durchschritt und mit gütigem Lächeln wiederholt in klarem Hochdeutsch murmelte: „Nun wollen wir wieder alles einschließen." Frau Ponradl sprang aufgeregt mit einem Kamm herbei und zog ihm einen Mittelscheitel. Sie strich die seitlichen Haarpartien nach hinten und rief: „Pomade! Hammia no a Pomade?"

Am Samstag fragte schließlich Daniela: „Mami, ois wos gehst nacha du?" — „I woaß ned. I hob scho ois duachgsuacht und bin auf nix kemma. Hia de Boa hob i gfundn und de goidnen Danzschua. I wead hoid iangdwos zamstöin." — „Sogamoi, hosd du ned a Poa Netzstrimpf?" — „Wiaso?" — „Haja, und a Lackdaschl! Des Rode! Und i geb diran Hundi — den kanntst dia untan Oam klemma. Woaßt, na ziagst an kuazn Rock o und a enge Blusn, bindst dia de Boa um, und na bist featig. Und dea Bappa wui di oiwai bekean. Des gibt a Gaudi!" — „Naa, des gaht do ned! In dea Pfarrei! Und übahaupts! Wo hostn du des ..." — „Es is do Fasching!" beschwor Daniela ihre Mutter mit leuchtenden Augen. — „Host aingtlich recht ..." — „Ge?!" rief die Kleine.

Und so kleidete sich jedes Familienmitglied rechtzeitig vor Beginn der Veranstaltung an, ließ sich von Frau Ponradl ein bißchen schminken, die sich selbst falsche Wimpern aufgeklebt und einen fetten in die Winkel reichenden Lidstrich gezogen hatte und nur noch die Fingernägel knallrot lackierte, bevor man losfuhr. Auf der Fahrt trug sie zum Abschluß einen passenden Lippenstift auf und drehte sich zu den Kindern auf der Rückbank: „Na? Guad?" — „Sauba!" schallte es einhellig.

Die Parknischen vor dem Kirchplatz waren bereits besetzt, und Herr Ponradl mußte noch einige hundert Meter die Straße hinunter fahren, bis er dem Sportplatz gegenüber am Seitenstreifen eine Lücke fand. Als sie am Spielfeld entlang zurückliefen, auf dem Jugendliche ein Fußballspiel austrugen, drehten sich einige Zuschauer nach ihnen um, und es schrie: „Was geht denn *da* ab?!" — „Sehts!" sagte der Vater über die Schulter, hakte seine Frau unter und tätschelte ihren Handrücken. „Jetzad sans naidisch."

Er ging voran durch die Doppeltür zum Gemeindesaal und blieb jäh stehen. „Jo, wos is nacha des?" Die Mutter schob sich an ihm vorbei und schaute in den Saal. „Mai, des gibts jo ned!" — „Wos isn?" fragte Stephan mit instinktiv gedämpfter Stimme und stellte sich auf die Zehen. Joseph zwängte sich zwischen die Eltern und erstarrte. „Wos machman jetz?" wimmerte es neben der Mutter. Daniela sah hilfesuchend zu ihr auf. „Wos machman jetz?" wiederholte sie eindringlich. — „Mia gehn", beschloß Frau Ponradl brüsk. — „Naa", widersprach ihr Mann. „Mia genga jetzad olle zam duach, song Griaßgod zum Pfarra und na gemma hoam."

Und so ging ein Priester mit Dirne am Arm und einen Dachauer, einen Hanswurst und eine kleine Nonne im Gefolge durch die Reihen der in Abendgarderobe erschienenen Gäste und baute seine Schar vor dem Geistlichen auf. Vater Ponradl streckte die Hand aus und empfing schweigend dessen Händedruck. Dann machte er mit einem Nicken auf dem Absatz kehrt und schritt, seine Familie durch den Mittelgang führend, gen Ausgang. Er hielt Frau und Kindern den Türflügel auf, ließ sie durch und ging schließlich selbst hinaus, ohne sich noch einmal umzusehen. Draußen sagte er zufrieden: „Dene hammas zoagt!"

Svennis Auftrag

Hätte er das Repertoire seiner Eltern zur Verfügung gehabt, wäre ihm, Svenni, das Bild des Damoklesschwerts in den Sinn gekommen. So aber war er der unverarbeiteten, da unbenannten, reinen Empfindung ausgeliefert. Hätte es zudem einen dieses Bildes habhaften Zeugen gegeben, wäre Svenni die Anerkennung für seine Leistung, einer solchen Empfindung standzuhalten, sicher gewesen. Wir wissen darum, aber er wird es nie erfahren. Wir könnten ihn ohnehin nur damit trösten, daß das Schwert bereits im Fallen begriffen war und es ihm immerhin erspart geblieben ist, in der Zeit zuvor auch nur ahnen zu müssen, daß es über ihm schwebte.

Es hieß nur unvermittelt: „Wir müssen packen. Kümmerst du dich um deine Sachen? Hier hast du einen Koffer. Was nicht reinpaßt, bleibt hier." Dann wurde noch hinzugefügt: „Das, was du anhast, kannst du morgen anziehn."

Dabei hat es seine Mutter natürlich nicht bewenden lassen. Immer wieder betrat sie unter einem Vorwand das Zimmer und überprüfte die zuletzt getroffene Auswahl der Dinge, die er unbedingt behalten wollte. Den grünen Traktor, auf dessen gelber Schaufel man so viel transportieren konnte, hat sie für zu sperrig erklärt; er nehme den Platz für „Wesentliches" weg, wie sie sich ausdrückte. Dabei ließ sich die Schaufel doch einfahren!

Um ein Haar hätte er geweint. Als sie wieder weg war, drückte er den Traktor ganz tief in die eine Ecke des Koffers und bettete ihn in seine Stofftiere. Es kostete ihn viel Mühe, den Haufen zu stabilisieren. Der eine Arm des großen Teddys sollte das Hundchen auf der zu kleinen Ladefläche halten. Mit der Knuddelente stopfte er die Lücke zwischen den Achsen zu.

Sein Anorak brachte die Lösung. Die Kapuze umfaßte das Paket so, daß nur der Kopf des Teddys herausschaute.

„Er muß ja auch atmen", murmelte er, während er darauf achtete, daß Luft blieb zum darübergeklappten Rückenteil. Dann schloß er die Ärmel unter dem Paket, zupfte noch einige Male am Anorak, um das Luftkissen zu erhalten, und entschied schließlich, daß auch Hundchen und Knuddelente überleben würden.

Schon kam seine Mutter herein. Diesmal fragte sie direkt: „Na, kommst du zurecht?" Er lief zwar rot an, hatte aber nicht den Eindruck, daß sie es merkte. Schnell stieß er ein entlastendes „Ja!" aus, lächelte sie sogar an, und tatsächlich verließ sie das Zimmer.

Das machte ihn stolz. Nun beeilte er sich, Pullover, T-Shirts, Hosen und Sandalen so eng und kompakt wie möglich zu schichten. Zwischen die Stapel ließ er Socken und Unterwäsche verschwinden und legte zum Abschluß das Weihnachtsgeschenk seiner Eltern obenauf: den großen Bildband mit seinem Lieblingsmärchen „Peter Pan", aus dem, wenn man bestimmte Seiten aufschlug, sogar das Piratenschiff herauskam.

Svenni ging auf die andere Seite des Koffers, hob den Deckel an und senkte ihn vorsichtig über den Inhalt, damit ja nichts verrutsche. Der Koffer ging ganz leicht zu: das Schloß schnappte sofort ein.

Vielleicht hätte er noch die Turnsachen unterbringen können. Und den Schlafanzug hatte er vergessen. Aber den brauchte er ja noch.

Seine Mutter stand in der Tür. „Schon fertig?" Sie strahlte. „Und was trägst du morgen drauf?"

Er schrak zusammen. „Der Anorak!" fuhr es ihm durch den Kopf.

Seine Mutter lachte auf. „Hab ich's mir doch gedacht! Hast du auch deinen Schal eingepackt?" Kopfschüttelnd ließ sie ihn stehen.

Wieder krampfte sich sein Magen zusammen, seine Augen füllten sich mit Tränen, seine Nase schwoll an.

Da erschien eine Felljacke im Türrahmen. Sie baumelte hin und her. Das Gesicht der Mutter spitzelte halb ums Eck. Schelmisch sprangen die Augenbrauen auf und ab über in Lachfalten blitzenden Augen. „Probier mal an!"

Er stürzte zur Tür und riß ihr die Jacke aus der Hand. Schnell schlüpfte er hinein und versank im flauschigen Innenfutter.

„Na, da wächst du noch rein", sprach seine Mutter, ihn jetzt unter zufriedenem Nicken betrachtend.

„Laß mal sehn", sagte sie und meinte den Koffer. Skeptisch, mit einem Anflug von Herzklopfen schaute er zu, wie sie den Koffer aufnahm und, den Kopf wiegend, wieder abstellte. „Ganz schön schwer."

Er wartete auf ihr Urteil. Sein Oberkörper neigte sich zur Seite. Er wußte nicht, wohin mit seinem Arm und schwang ihn auf den Rücken. Das richtete ihn wieder auf.

In der Zwischenzeit blickte sie sich im Zimmer um, sah die leeren Schubfächer und Kleiderstangen, entdeckte den verwaisten Turnbeutel in einem der Borde und wandte sich ihm, Svenni, zu.

„Ging nicht mehr rein, hm? Und der Schlafanzug: hat der morgen noch Platz?" Sie lachte. „Macht nichts. Hast du gut gemacht." Ihre Augenlider klappten zu und wieder auf. Breitbeinig, den Bauch nach vorn geschoben, stand Svenni da.

„Kommst du dann zum Essen?" Ihre helle Stimme klang gut in seinen Ohren. Er legte seine Schneidezähne auf die in ein breites Lächeln gespannte Unterlippe und lief schon mal voraus.

Kleiner Grenzverkehr

Endlich hab ich ihn wiedergesehn. Dabei ist er doch mein bester Freund. Und zum erstn Mal hat er mich ausgeschimpft. Der Andi ist sonst so lustig. Aber ich durfte ja nicht. Nein, das stimmt nicht. Ich hab mich nicht getraut zu fragn: das stimmt. Sie hättns mir eh nicht erlaubt. Glaub ich.

Aber dann habn wir ganz viel erlebt. Er hat mir sein Versteck gezeigt. Da findt uns keiner! Die Leiter hat der Andi ganz allein gebastlt. Das war gar nicht so schwer, hat er gesagt. Ich hätte das nicht gekonnt. Und dann ist uns die Muaml runtergefalln. Die hat er schon ganz lang gehabt. Mit grünn und gelbn Schlangn drin. Ich hab sie nur einmal anfassn dürfn. Sonst beißn die, hat er gesagt. Aber ich war ganz vorsichtig. Und mir ist auch nix passiert.

Wir habn sie ja gesucht. Aber der Bodn hat sie einfach verschluckt. Der ist gefährlich. Beim Gehn müssen wir immer ganz schlimm aufpassn. Aufm Bauch gehts aber ganz leicht. Und wenn ich wieder heim muß, da spring ich halt von der Leiter wie ins Beckn bei uns im Schwimmbad. Da muß ich mal mit dem Andi hin: das kennt er noch nicht. Aber der traut sich ja nicht. Der hat Angst vorm Bodn.

„Simon, aufstehn!" Ach, Mann ... „Frühstück ist fertig." Immer das gleiche! Blöde Schule. Und die Lehrerin glaubt mir auch nix.

Mmm, das Bärli ist so weich. Und kitzlig. „Wehr dich doch, wehr dich doch!" Kanns nicht. „Was hastn da? Zeig mal. Jetzt zeig halt! Oi, die Muaml! Du hast die Muaml gefundn!" Da wird sich der Andi freun!

Teil II

PIONIERE

Mein Dom

Wenn ich auf fünf Meter an meinen Hauseingang herantrete, steigt sofort das Bild von Venedig in mir auf. Tauben tummeln sich auf dem schmalen Gehsteig, picken eifrig an Abfällen und hinterlassen eine Inselgruppe weiß gegen den abgebröckelten, von Menschenfuß teppichartig über den Asphalt gebreiteten Putz gesetzter Exkremente. Der Geruch von Urin gemahnt an die heilige Stätte des Markusdoms. Fast warm legt er sich auf die Nasenschleimhäute. Und ist es erst gelungen, den Flügel des über drei Meter hohen Haustors aus dicken wurmstichigen Holzbalken, die durch schweres rostzernagtes Eisen auf ewig aneinander geschlagen sind, in Bewegung zu versetzen, fährt es ganz aus sich träge knarrend auf und gibt seinen mit Macht gehüteten Innenhof frei. Wenn das Metall stumpf auf die spröde Hauswand knallt, so daß es spitz tönend zerriebenen Stein regnet, dann erlaube ich mir, den Hof zu betreten. Er ist von Bäumen, Sträuchern, Blüten aller Art freigehalten, wie auch von Autos, derer sechs, bescheiden zu je drei aneinander gereiht, durchaus Platz finden würden. Stattdessen prangen in den gesetzlich vorgegebenen Farben fünf Abfallbehälter in der Mitte, so daß jeder Sonnenstrahl, der sich einmal in diese ozongeschützte Zone verirrt (mein Haus hat immerhin sieben, sich ob der Höhe nach oben hin verjüngende Stockwerke!), eine dieser Riesentonnen ganz unvermittelt zum farbverliebten Leuchten bringt. Man könnte Wochen des Sommers ausgeharrt haben, in der Hoffnung, Zeuge dieses Spiels der Natur sein zu dürfen, ohne entlohnt zu werden. Und plötzlich, in einem Moment der kosmischen Harmonie von Sonnenstand, Wolkenzug und atmosphärischer Klarheit, blitzt es auf, vielleicht nur im Augenwinkel im Vorübergehen wahrgenommen, nur um sogleich wieder der Vergangenheit zugezählt werden zu müssen. Lediglich die Erinnerung, das Abrufen also des aus der unbewußten Trübe in die wohldefinierte Gedankenwelt verbrachten Eindrucks, wird mit einem Hauch von Zweifel, der das Erleben ins Ungewisse der Träume rückt, die Farbe wieder hervorzaubern, die es diesmal getroffen hat. Diese Erinnerung und der Kitzel des noch bevorstehenden Ereignisses verwandeln einen jeden knirschenden Gang über den Hof in ein sinnierendes Schreiten. Vor dem in seiner Enge mittelalterlich anmutenden Eingang zum Hinterhaus, der einmal in einem prächtigen Lindgrün erstrahlt sein muß, wird man kurz innehalten, ehe man den Kopf einzieht und so in die Gruft des modrigen Treppenhauses eintaucht. Kein noch so kleines Fenster, kein Mauerspalt oder gar elektrisches Licht zerstören das Abenteuer, sich Stufe für Stufe emporzutasten, in jeder Windung die rechte Tiefe auszumachen, um nicht — zu weit innen — hintüberzufallen oder — zu weit außen — bei der nächsten Stufe ins Leere zu treten, nur um beim zweiten, beherzten Versuch über die Kante nach oben zu stolpern. Allzu leicht verliert ein ungeübter Treppenbesteiger das Gleichgewicht, rudert hilfesuchend mit dem Arm, faßt in letzter Not das Geländer und zieht es — morsch geworden in all den harten, naßkalten, nicht enden wollenden Wintern — mit sich hinab. Die Treppenabsätze sind es, die einem alsbald in ihren Ausmaßen und Abschüssen vertraut werden. Dort kann man neuen Mut schöpfen für die nächste Etappe, bis man endlich vor meiner Wohnungstür steht, vorausgesetzt, man hat über die Aufregung des Anfängers nicht die Zählung vergessen oder verwirrt oder man hat — wie ich — jeden Tritt, jedes Meiden eines Tritts, jeden durch Gewichtsverlagerung variierten Tritt bereits in den Beinen. Mit einem Mal läßt sich die Lunge in zartem Pfeifen vernehmen. Sie hat sich unbemerkt mit dem in Jahrzehnten zusammengetragenen Staub gefüllt. Einmal noch atmet man diesen nun in Stichen sich bemerkbar machenden Odem des Hausflurs, der die Schuppen aller Hausbewohner und derer Gäste in sich trägt und so Nahrung des kleinsten Lebewesens ist, das von uns lebt und eben mit jenem durch die Atemwege wieder in uns eintritt, der Hausmilbe nämlich. Hier, am Ende eines wagemutigen Aufstiegs, wird man ihrer gewahr. Und man ahnt nur, wie reich das Biotop des Treppenhauses sein mag. Hat man wirklich nur daran gedacht, sich selbst unversehrt ans Ziel zu bringen? Hat man wirklich keinen Gedanken daran verschwendet, welchen Kleintiers kurzes Leben man in seiner Nabelschau mit nur einem vielleicht als für das eigene Wohlergehen und Vorankommen sinnlos sich erwiesenen, korrigierten und damit zum zweiten Mal brutal und lebensverneinend getanen Schritt jäh beendet hat? Nur schwer reißt man sich los, auch noch nach Jahren, von diesem Bild des Grauens, von dieser sich jedesmal neu einstellenden Selbsterkenntnis, die so keine Folgen hat. Wie klein man sich plötzlich fühlt! Wie niederträchtig und des Menschentums unwürdig! Ist es nicht genau diese Zerschlagenheit, dieses Erkennen der eigenen ererbten Schuldhaftigkeit, der man nicht Herr wird und die man doch, ob im Verbrechen vollzogen oder nicht, bei seinem Leben bereut, ist es nicht diese Demut schließlich gegenüber der Unschuld und Bescheidenheit, die uns eine Stätte der Heiligkeit erst eröffnet? Muß man sich nicht erst als ein Nichts erfahren, um die Größe einer Kathedrale zu sehen, um den Reichtum eines in italienischem Barock, italienischer Renaissance oder gar einer auf Altbyzanz zurückgreifenden Baukunst sich aufschwingenden Doms zu schauen?

Ich gebe zu, daß meine kleine Wohnung diesem Bild nicht mehr standhält. Wie gern würde ich jedem Besucher — und nicht zuletzt mir — die wohlverdiente Labsal der Schönheit, der Größe und des Reichtums bieten! Aber — so leiste ich innerlich Abbitte — jedes Bild ist ein Ideal, und das will erst noch erreicht werden.

Ich arbeite dran.

Ungetrübter Mauerblick

Gestern habe ich endlich meine Fenster geputzt. Die weißen Gardinen, die meine Mutter mir hat nähen lassen, sollen ja nicht schon beim Aufhängen schmutzig werden. Und siehe da: so dunkel ist meine Erdgeschoßwohnung gar nicht! Es will mir scheinen, als könne eine Grünpflanze, ganz nah an die Scheibe gerückt, durchaus überleben. Doch das ist die erste Begeisterung ... Ich sollte lieber noch einmal darüber schlafen, ehe ich ein wehrloses Geschöpf voreilig dem Siechtum anheimgebe.

Wie gern und oft ich auf einmal am Fenster sitze! Und dabei habe ich die Gardinen noch gar nicht angebracht. Die Rahmen sind gut zwanzig Zentimeter zu hoch: ich kann mich, auf dem Küchentisch stehend, noch so recken. So muß ich doch wieder auf den gutmütigen Nachbarn zurückgreifen. Ob er aber zwanzig Zentimeter länger ist als ich, wage ich zu bezweifeln ...

Nein, ich sitze am Fenster, weil ich mit einem Mal die einzelnen Steine der gegenüberliegenden — oder sollte ich sagen: gegenüberstehenden? — Mauer sehen kann. Jeder Stein hat seine Geschichte: die Witterung, der Kohlenstaub, herabrieselndes Regenwasser haben einem jeden seine ihm eigenen Spuren eingefräst. Beherrschte ich ihre Sprache, *die* würden mir was erzählen! Wie sie angegriffen, angefieselt, aufgeweicht wurden; wie sie sich gegen die zersetzende Zementmischung in den Fugen gestemmt haben, nur um zu spüren, daß sie allzu leicht nachgibt, und mitzuerleben, wie sie herausgewaschen wird. Aus eigener Kraft die Stellung zu halten, sind sie gezwungen, und ich meine, ihnen ihre Erschöpfung ansehen zu können. Stellenweise jedoch verbirgt sich ihr unablässiger Kampf hinter den letzten Resten verkommenen Putzes, wie um mir vor Augen zu führen, daß auch ich sie nicht werde davor bewahren können, was ihnen als Ende bestimmt ist. Derart deutlich in meine Schranken gewiesen, sitze ich hier und bin dankbar, daß Steine nicht schreien können. Oder kann ich sie nur nicht hören?

Morgen werde ich alles daran setzen, mit meinem Nachbarn die Gardinen anzubringen, werde eine Grünpflanze, die zu ranken verspricht, dazustellen und immer wieder in den kommenden Monaten von meinem Platz aus hinüberschauen. Vielleicht lindert der Anblick eines hübsch hergerichteten Fensters, aus dem ein anteilnehmender Mensch herübersieht, ein wenig das Leiden der Mauer.

Erfüllung

Seit zwei Jahren machte Maria die Runde durch die vielleicht wohlhabendste Nachbarschaft der Stadt. Das inhomogene, ärmliche Viertel um das Cottbusser Tor hatte sie kurzentschlossen verlassen und sich mit Hartnäckigkeit diesen Bezirk erobert, und niemand wagte es seither, ihn ihr streitig zu machen. Die Anwohner hatten sich daran gewöhnt, daß sie zweimal täglich ihren Einkaufswagen durch die ausgestorbenen Straßen schob, und gaben sich nicht einmal mehr die Mühe, wie zu Anfang angewidert oder verärgert aus den Fenstern zu sehen, geschweige denn eine abschätzige Bemerkung zu machen. Sie fühlte sich hier wie zuhause.

Aus den Abfällen konnte sie inzwischen lesen wie aus einem Kaffeesatz. Familienverhältnisse, Lebensumstände, besondere Ereignisse schlugen sich in Umfang und Zusammensetzung des Unrats nieder, und es geschah nicht selten, daß sie beim Kramen innehielt, ein weggeworfenes Etwas betrachtend, und sich ausmalte, welchen Weg dieses Stück genommen haben mag, bevor es in der Mülltonne landete. Oft sah sie es als ihre Bestimmung an, den interessanteren Gegenständen eine Geschichte zu geben, sie, wenn sie dennoch unbrauchbar waren, ein letztes Mal zum Leben zu erwecken, ehe sie endgültig dem Verfall oder der mechanischen Zerstörung preisgegeben wurden.

Bei der Fülle an wertvollen Dingen konnte Maria es sich leisten, wählerisch zu sein. Sie entschied, was weiterleben durfte, und diese Entscheidung machte sie sich nicht leicht. Dabei trennte sie gewissenhaft und mit geübtem Blick das, was Tauschwert, und das, was Eigenwert hatte. Sie hatte sich in ihren Kreisen einen Namen gemacht, der für Qualität stand. Auf ihr Urteil konnte man sich verlassen, niemand hätte es je angezweifelt. Sie bekam stets den von ihr bestimmten Gegenwert in Form von Nahrungsmitteln. Zwischenhändler duldete sie nicht: der Markt wurde durch „diese Brut", wie sie sie nannte, nur unnötig verzerrt.

Selbstverständlich gönnte sie sich während ihrer Arbeit immer einmal einen Happen erlesenster Reste, die man sowieso nicht eintauschen konnte. So kam sie auf ein beachtliches Menü, das von Dosenpastete über säuberlich in Plastiktüten entsorgten Kuchen bis zu verschmähten Pralinés in Originalverpackung reichte. Sie war stets satt geworden, wußte aber um die Bedeutung von

Vitaminen und Mineralien, die sie im Tausch erwerben konnte. Einer hatte sich auf eine Supermarktkette spezialisiert und wartete jeden Tag mit frischem Obst und Gemüse auf. Bei Fleisch oder Fisch war sie jedoch vorsichtig, und so war sie zur Vegetarierin geworden. Es fiel ihr nicht einmal schwer, diese Diät einzuhalten, liebte sie doch Tiere über alles.

Sie bekam ja täglich, insbesondere auf ihrer Runde vor Sonnenaufgang, mit ihnen zu tun. Geschult wie sie selbst stöberten Hunde, Katzen, Igel, Ratten, Insekten, Käfer, Ameisen und undefinierbares Kleingetier im Abfall. Ihnen gestand sie die unzähligen aufgereihten Mülltüten zu, während sie nur die Tonnen durchforstete. Die Zeiten, in denen sie verschämt Tüten aufriß, blind hineinlangte, in schleimigen, übelriechenden Überresten fingerte und aufs Geratewohl Eßbares hervorzog, waren endgültig vorbei. Und die Tiere dankten es ihr. Jede Kreatur konnte ungestört ihren Geschäften nachgehen. Es war genug für alle da.

An diesem Morgen geschah etwas Seltsames. Maria hatte gerade die letzte Mülltonne geschlossen und ließ ihren Blick über die Beute gleiten. Die ersten verheißungsvollen Strahlen der Märzsonne trafen auf ihre plumpe Gestalt und saugten sich in ihre schwere, zerriebene Wolljacke. Rings um sie glitzerte der Tau, der eben noch kalt und rauh auf den Gräsern und Ästen der Baumleichen geruht hatte. Verzaubert betrachtete sie das Lichtspiel, und es war ihr, als hörte sie ein leises Kichern überall, das samten den Girlanden des Vogelsangs unterlag. Die Wärme drang in sie durch lederne Haut und strömte aus bis in die feinsten Verästelungen des Gewebes. Ihre wunden Hände schmerzten nicht mehr. Staunend sah sie zu, wie sich das Kalkweiß der Handrücken in rosiges Beige verwandelte und die blutverkrusteten Risse verklärte. Vorsichtig schnupperte sie an der zarten Morgenbrise wie an einem leeren Fläschchen kostbarsten Parfums. Sie schloß die Augen und spürte dem sinnlichen Duft nach, während sie ihren Atem nach und nach entweichen ließ, bis nurmehr die köstliche Essenz in ihr blieb. Dann warf sie den Kopf in den Nacken, spannte die Nasenflügel und atmete langsam und tief ein. Ihre Lunge füllte sich, und mit ihr weiteten sich die Eingeweide, als atmeten sie erleichtert auf. Hinter ihren Lidern setzte der glitzernde Tau seinen Tanz auf rotem Grund fort. Grell stachen die kleinen Lichtspitzen ab, hüpften wild umher, erzeugten immer neue, noch grellere, noch wildere Spitzen, die immer dichter den Raum durchsetzten, sich hie und da vereinigten und mehr und mehr verschmolzen, bis alles Licht war.

Maria spürte nicht mehr, wie ihr Kopf auf das Pflaster schlug: sie war tot.

Hallo Doreen!

Du wartest bestimmt schon auf diesen Brief. Es kostet mich allerdings einiges an Überwindung, ihn zu schreiben. Dr. Goldmann hat mir den Auftrag ja schon vor zwei Monaten erteilt, überließ es aber mir, den rechten Zeitpunkt für die erste Kontaktaufnahme zu wählen. Ich bin mir nicht sicher, ob ich wirklich so weit bin. Dir geht es wahrscheinlich nicht anders.

Er hat mir ein bißchen von Dir erzählt: Deinen Namen natürlich, Dein Alter, Deine Herkunft und grob umrissen Deine Krankengeschichte, die der meinen, wie Du sicher weißt, sehr ähnlich ist. Es ist schon eigenartig, daß wir uns nie begegnen können, uns geradezu ausschließen. Ich muß zugeben: ich hatte große Schwierigkeiten, an Deine Existenz überhaupt erst zu glauben! Doch nach den letzten Ereignissen blieb mir nichts anderes mehr übrig. Zuvor hatte ich gelernt, meine kurzen „Filmrisse" hinzunehmen. In meiner (unserer!) Familie ist das nichts Besonderes: alle Frauen hatten immer schon zu niedrigen Blutdruck — Du weißt ... Aber als meine Ohnmachtsanfälle häufiger auftraten und von Mal zu Mal länger anhielten, bekam ich es mit der Angst. Ich lebte zu der Zeit allein und hatte keine Anstellung mehr. Wer möchte schon eine Frau beschäftigen, die ständig das Bewußtsein verliert?

Und dann fing es an, daß Nachbarn mich gesehen haben wollen, ja, angeblich mit mir geredet hatten, ich mich aber nicht erinnern konnte. Und plötzlich erhielt ich eines Tages einen Anruf einer früheren Freundin. Ausgerechnet Ursula, mit der ich ja nun schon seit über drei Jahren nichts mehr zu tun hatte und an die ich seit unserem Bruch keinen Gedanken mehr verschwendet hatte! Du kannst Dir denken, wie geplättet ich war! Und als sie dann behauptete, ich sei es gewesen, die sie aus heiterem Himmel angerufen und gar um Verzeihung gebeten hatte, war ich völlig sprachlos. Entweder war sie verrückt oder boshaft. Oder aber sie brauchte diese lächerliche Geschichte, um ihren Anruf zu rechtfertigen. Wie auch immer, ich hatte keine Lust, mich auf sowas einzulassen, und legte auf. Heute weiß ich es besser. Sie muß sich über mein Verhalten ziemlich gewundert und mir ihrerseits irgendwelche zweifelhaften Spielchen unterstellt haben. Arme Ursula ...

Inzwischen war ich bei Dr. Goldmann in Behandlung, der in mir erstmals einen „Fall" gesehen hat. Alle anderen Ärzte vor ihm waren hilflos.

Zugegeben: ich hatte alle möglichen „Sorten" aufgesucht — Internisten, Neurologen, Gehirnspezialisten — was es so gibt. Ich wußte ja nicht, was mir fehlte! Und ich hatte nicht damit gerechnet, daß es an mir ist, das herauszufinden, um daraufhin die richtige Wahl zu treffen! Um ihre Hilflosigkeit zu verdecken, reichten sie mich weiter. Das Schlimmste aber war, daß ich bei jedem das Gefühl hatte, nicht ernstgenommen zu werden. Deshalb war ich anfangs zwar dankbar, andererseits auch ziemlich skeptisch, als Dr. Goldmann mich sogar als „interessant" einstufte und mich unbedingt als Patientin aufnehmen wollte.

Es dauerte Monate, bis wir auf Dich gestoßen sind. Ich kann Dir gar nicht sagen, wie mühsam und qualvoll das war. Ging es Dir auch so? Offenbar habe ich mich genauso wenig während Deiner wie Du Dich während meiner Behandlung gezeigt. Warum? Noch vor Wochen hätte ich Dir diese Fragen nicht stellen können. Du hast mir Angst gemacht. Das ist aber auch verständlich, nein? Da nimmt jemand ohne mein Wissen Einfluß auf mein Leben, ja, greift geradezu über, und ich bin machtlos! Bis mich Dr. Goldmann darauf gebracht hat, daß es Dir womöglich nicht anders geht ... Das war nicht leicht für mich. Jetzt kann er, wie er sagt, auf diesem Durchbruch aufbauen und sein Vorgehen offenlegen, und ich darf es an Dich weiterleiten: Er ist der Überzeugung, daß es in meinem — nein, unserem! — Fall durch Annäherung zu einer Linderung, vielleicht sogar einer Heilung kommen kann. Es klingt ein wenig verwegen, aber warum sollten wir es nicht auf einen Versuch ankommen lassen? Je mehr wir voneinander erfahren, je mehr wir einander kennen- und verstehen lernen, desto größer ist die Wahrscheinlichkeit, daß wir uns aufeinander zubewegen, unser Handeln aufeinander abstimmen und — wer weiß? — zusammenwachsen. Immerhin haben wir einander nie feindselig gegenübergestanden. Dr. Goldmann spricht von einer „glücklichen Disposition". Wir müssen ihm wohl erst einmal vertrauen, bevor wir mehr voneinander wissen. Mir hat er jedenfalls versichert, daß Du, gemessen an Deinen Fortschritten, bereit bist für einen Versuch.

Er wollte mir nichts weiter über Dich erzählen. Ich vermute aber, daß Du eine ehrliche, vertrauenswürdige und sehr sensible Persönlichkeit bist. Sonst hätte er mich nie dem Risiko ausgesetzt, Dir zu schreiben. Er kennt mich ja. Gehe ich damit zu weit? Trete ich Dir zu nah?

Ist es nicht erstaunlich? Jetzt kann ich es kaum erwarten, Antwort von Dir zu erhalten. Erst jetzt, da ich mich direkt an Dich wende, fühle ich, daß ich den richtigen Zeitpunkt gewählt habe. Ich habe zum ersten Mal Hoffnung.

  Auf bald. —

  Hannah

Der Ausflug

Der Zug rollte durch Blöcke von Geschäftshäusern und Werkshallen in den Bahnhof ein, der Ilona so vertraut war, den sie aber seit über zehn Jahren nicht mehr gesehen hatte. Ein leichtes Herzklopfen befiel sie, als der Bahnsteig an ihrem Fenster vorbeiglitt. Die kleine Reisetasche auf dem Schoß, wartete sie auf das Kreischen der Bremsen, während ihr Blick die Menschengruppen streifte, um unter ihnen die Eltern auszumachen. Noch hatte sie sie nicht entdeckt, als sie sich erhob und den Passagieren anschloß, die aussteigen wollten.

Überraschend hatte Ilona drei Tage zuvor die Einladung zu einem Ausflug im weiteren Familienkreis erhalten, aus der hervorging, daß er eigens ihr zuliebe anberaumt wurde. Diesen Punkt bekräftigte ihr Vater durch einen Anruf, was Ilona dazu bewog, ihre Pläne für ebenden Tag zu verschieben. Es hatte sie einige Mühe gekostet, aber sie war sicher, der Anlaß war es wert.

Ihre Eltern mußten sie in der Warteschlange gesehen haben, denn nun, da die Reihe an ihr war, den Zug zu verlassen, standen sie vor ihr, um sie mit herzlichen Umarmungen in Empfang zu nehmen. Auf dem Weg durch die Bahnhofshalle redeten sie gutgelaunt auf sie ein, und Ilona schloß für Sekunden die Augen ob des inzwischen ungewohnten Wortschwalls, den sie aber bei jedem ihrer so selten gewordenen Besuche eigentlich genoß, obwohl das Temperament ihrer Eltern sie schon nach zwei Tagen völlig erschöpfen konnte. Diesmal jedoch hatte sie es so eingerichtet, daß sie noch am selben Abend zurückfahren würde, was mit dem Auto nicht zu schaffen gewesen wäre. Ihr enger Zeitplan erlaubte keine Übernachtung.

Und so begaben sich Eltern und Tochter direkt zum bereitstehenden, offenbar angemieteten Reisebus, der — wie Ilona zu ihrem Erstaunen feststellte — tatsächlich große Teile der Verwandtschaft beherbergte, von der die junge Frau kaum jemanden wiedergesehen hatte in den letzten zehn Jahren, und wo doch, höchstens ein- oder zweimal für ein paar wenige Stunden anläßlich einer Familienfeier. Daher nahm es sie nicht wunder, daß sich die Begrüßung geradezu überschwenglich ausnahm, als sie den Bus bestieg.

Beim Anfahren des Busses wußte Ilona noch immer nicht, wohin dieser Ausflug gehen sollte, und keiner der beinah ausgelassen durcheinander schwatzenden Verwandten machte Anstalten, das Reiseziel auch nur anzudeuten, so sie es überhaupt kannten. Das steigerte die angespannte Vorfreude Ilonas noch. Und sie wollte der fröhlichen Gesellschaft auf keinen Fall etwa durch eine ihr auf der Zunge liegende Frage die Überraschung verderben. So ließ sie sich ein auf jedes Gespräch, jede Erinnerung an gemeinsam Erlebtes, jeden Bericht aus dem jeweiligen Familienalltag oder -stammbuch. Und nur gelegentlich schaute sie aus dem Fenster, um anhand einiger geographischer Merkmale festzustellen, daß man auf dem Weg in den Harz war.

Und wirklich, nach etwa zweistündiger Fahrt, die sich angenehm kurzweilig ausgenommen hatte, hielt der Bus mitten in der Landschaft, die man für Flachland hätte halten können, wüßte man nicht, daß der Harz zuweilen den Charakter eines Hochplateaus annahm. Die Fahrgäste stiegen aus und schlugen, allen voran Ilonas Vater, den Weg in einen Wald ein. Nach wenigen hundert Metern tat sich eine Lichtung auf, die von einem sich weit hinstreckenden Hügelzug gesäumt war, an dessen Hang ein moderner Gebäudekomplex weißstrahlend wie angelehnt dastand. Auf diesen ging der Vater zielstrebig zu. Ilona versuchte, in den Gesichtern der anderen zu lesen, ob nicht einer darunter wäre, der wie sie im dunkeln gelassen worden war bezüglich der Bestimmung des Ausflugs. Sie konnte jedoch keine noch so verhaltene Verwunderung entdecken. Lediglich die Lautstärke der wortreichen Reisegesellschaft schien um einiges abgeebbt zu sein beim Anblick der Bauten.

Als Ilona gerade im Strom ihrer Verwandten in eines der terassenförmig aufgeschichteten Hochhäuser eintreten wollte, berührte die Mutter sie mit einem Mal am Arm, lächelte und bat sie zu warten. Schließlich allein, wurde die Mutter ernst und sagte leise aber mit fester Stimme: „Dies ist eine Klinik. Wir sind hierher gekommen, um dir die erlösende Spritze zu geben. Glaube mir, es ist zu deinem Besten." Ilonas Blick hielt an den liebevollen Augen der Mutter fest, bis er verschwamm. Da nahm die Mutter ihre Hand und führte sie hinein.

Gleißendes Licht, in weißen Kacheln vielfach gespiegelt, bohrte sich in Ilonas Augen. In ihren Ohren setzte sich ein Pfeifton fest, gellend und schrill, während sie an der Seite ihrer Mutter durch einen ersten großen Saal und weiter, einem verwinkelten System türloser Flure folgend, wie mechanisch gelenkt einherging, und klang unversehens ab, als sie in eine Empfangshalle gelangten, in der sich die

Verwandten bereits versammelt hatten. Mit noch immer verschwommenem Blick tastete sie die Gesellschaft ab. Niemand begegnete ihm. Unverändert, wenn auch mit gedämpften Stimmen, sprachen sie durcheinander. Vereinzelt lachte jemand auf. Jetzt erst gewahrte Ilona, daß keine Kinder unter ihnen waren.

Nun trat der Vater aus dem Schatten eines Flurs auf der gegenüberliegenden Seite der Halle und gesellte sich zu den anderen. Einmal zwinkerte er Ilona aufmunternd zu, und sie erwischte sich dabei, daß sie sein Lächeln erwiderte. Verwirrt löste sie ihre Hand aus der ihrer Mutter. Die strich ihr sanft übers Haar und ließ sie allein.

Ein donnernder Knall ließ Ilona herumfahren. Die zurückfallenden Flügel einer Tür wurden abgefangen, und herein polterte ein schmierig schwitzender Mann. Der schoß auf Ilona zu, packte sie am Oberarm und zerrte sie in Richtung der noch pendelnden Türflügel. „Ist es so weit?" drängte es sie auszurufen. Da warf sich ihr Vater auf den Mann, riß ihn von der Tochter los und schlug ihn mit einem Fausthieb nieder. „Wärter!" Einem abgefeuerten Schuß gleich, hallte der Befehlston des Vaters nach. Die Tür flog auf, und zwei wuchtige Männer in verschmutzten weißen Kitteln trabten heran, griffen den Bewußtlosen an

Schultern und Fesseln und transportierten ihn ab. Bevor Ilona sich besinnen konnte, legte ihr der Vater einen Arm um die Schulter und versicherte: „Sei ganz ruhig: wir haben noch viel Zeit." Noch immer bebend, ließ sich Ilona an den Verwandten vorbei zu einem Treppenaufgang führen. Auf dem Treppenabsatz bedeutete ihr der Vater mit einem leichten Druck auf die Schulter stehenzubleiben. Er drehte sich zu den Gästen um und rief: „Es ist angerichtet." Vor ihr tat sich ein festlich geschmückter Speisesaal auf, dessen Tische mit weißem Tuch und je vier weißen Kaffeegedecken bestückt waren, je eine weiße Kerze in der Mitte, die gerade von einer weißgekleideten Serviererin angezündet wurden. An einer Wand war ein Büfett mit Kuchen, Torte und Obst aufgebaut. Dorthin verwies der Vater Ilona mit den Worten: „Such dir aus, was du möchtest." Stolz zählte er das Sortiment auf, so daß jegliche auch noch so leise Anwandlung davonzurennen ausgeschlossen war. Ein Kellner in weißer Livrée zeigte ihr den ihr zugedachten Platz, und willenlos nahm sie ihn ein. Zu ihrer Linken setzte sich die Mutter, zur Rechten der Vater. Von hier aus waren die anderen Tische zu beiden Seiten eines breiten Gangs gut zu überblicken. Ohne Eingreifen des Kellners waren sie binnen kurzem belegt, und ein allgemeines

Geschirrgeklapper hob an.

Auch Ilonas Eltern widmeten sich nun allein ihrem Genuß, in dem sie sich immer wieder gegenseitig bestärkten. Sie selbst stocherte nur in der ihr vorgesetzten Teigware herum und nippte ab und zu an ihrem Kaffee. Nichts regte sich in ihr; jede Art Gefühl hätte ungehemmt ausbrechen können, blieb aber aus, und keine Verwunderung stellte sich ein. Diese Feststellungen traf Ilona, als wäre sie eine völlig unbeteiligte Beobachterin.

Plötzlich öffnete sich eine in die weiße Tapete eingelassene Tür am Ende des Saals. Ein wenigstens zwei Meter messender Mann erschien. Er trug einen weißen Kittel, hochgeschlossen und knöchellang. Zügig steuerte er Ilonas Platz an und baute sich breitbeinig vor ihr auf. Aus tiefen Höhlen stierten seine farblosen Augen ins Leere. Ilona fing an zu frieren. Der Mann zückte ein Klemmbrett und hielt es so vor sich hin, daß ein handschriftlich ausgefülltes Formular sichtbar wurde, auf das er energisch mit dem Zeigefinger klopfte. Daraufhin standen ihre Eltern vom Tisch auf — im Saal trat Stille ein — und folgten ihm den Gang hinunter, vorbei an den schweigenden Verwandten, die ihnen nicht nachsahen, und durch jene Tür. Keine Minute später zeigte sich Ilonas Mutter dort und winkte ihre Tochter herbei.

Die schüttelte heftig den Kopf. Das Frösteln hatte sich inzwischen zur Panik ausgewachsen. Da streckte die Mutter einen Arm vor, und Ilona erhob sich langsam. Alle Blicke waren auf sie gerichtet, Blicke, in denen gütige Milde, würdevoller Ernst und wissende Zuversicht lagen. Doch Ilona sah nur die Hand. Der Anfall verlor sich und wich einer Art Trance, die sie in Bewegung setzte, der Hand, deren Wärme und Obhut entgegen. Als es aber so weit war und Ilona ihre Hand gerade in die ihrer Mutter gelegt hatte, überkam sie ein jäher Würgreiz und ihr Magen krampfte schmerzhaft. Als müßte sie sich erbrechen, stieß sie aus: „Warum?" Indem sie die Tochter durch die Öffnung zog, flüsterte die Mutter: „Sagen wir, Bauchhöhlenkrebs." Und nach einer Pause: „Ja?"

Die Tür fiel hinter ihnen ins Schloß und verschwand ganz in der weißen Tapete.

Inhalt

Teil I NEUE UFER 7

      Erster Tag 9
      Das Erbe 17
      Das Fest .... … ... 23
      Svennis Auftrag 31
      Kleiner Grenzverkehr 37

Teil II PIONIERE 41

      Mein Dom 43
      Ungetrübter Mauerblick 49
      Erfüllung 51
      Hallo Doreen! 57
      Der Ausflug 63

Hinweis

In diesem Verlag ebenfalls erschienen:

Sonja Maria Rathjen: Gereimtheiten
Gedichte und Lieder
Paperback, 88 Seiten
€ 12,80
ISBN 9-783-734-74420-4